PANÉGYRIQUE

D'UN MORT.

Quel homme est sans défaut, et quel roi sans faiblesse ?
VOLTAIRE.

PAR UN HOMME SANS TITRE.

PARIS.

CHEZ TOUS LES MARCHANDS DE NOUVEAUTÉS.

1821.

PANÉGYRIQUE

D'UN MORT.

Le fils de la victoire n'est plus!!!... Un rocher aussi vieux que le monde, sur les flancs duquel viennent se briser les vagues tumultueuses d'une mer écumante, conserve sa dépouille mortelle. La France, admiratrice du Grand Homme, sera-t-elle privée de ces restes précieux d'un héros qui l'a régénérée, qui l'a embellie, qui a relevé ses autels et fait respecter son nom? L'ombre seule du cercueil qui les recèle serait-elle un épouvantail pour ceux qui ont éprouvé le bras du vainqueur de Marengo? deviendrait-il un objet de reproches mérités pour tous ceux qui ont déserté sa cause pour conserver des titres ou des richesses qu'ils

tenaient de sa gratitude? Cette enveloppe re-
ligieuse leur rappellerait trop et leur ingra-
titude et leurs bassesses.

S'il n'est point édifié de monument au
grand homme, puisqu'il nous est interdit
de rendre à sa cendre les hommages qu'ins-
pire et que semble encore commander après
lui le héros jadis l'admiration et l'orgueil de
la nation qui l'a vu naître et que son épée
avait placée la première de l'Europe, occu-
pons de lui notre souvenir. Les circonstances
et les lois peuvent nous interdire les mar-
ques extérieures d'un culte qu'on aima toujours à rendre à la vaillance : on peut com-
primer et contenir les nobles élans des cœurs
Français ; mais c'est en vain que l'homme
voudrait arrêter la pensée de l'homme ; plus
on voudra la repousser, plus elle vient re-
tracer les hauts faits, les fautes mêmes d'un
héros malheureux que la victoire capri-
cieuse ne trompa qu'un jour.

Analysons la vie de celui qui dans l'exil
pleurait quelquefois une patrie ingrate
qu'on veut lui disputer ; de celui dont le

dernier soupir fut pour les braves que son génie militaire a immortalisés.

Le héros montra de bonne heure ce qu'il serait un jour. Jeune encore il est appelé par son destin à commander des hommes. Quels hommes? La plus grande masse est démoralisée et portée dans les champs de la victoire, moins par le sentiment de l'honneur que par l'esprit de brigandage. Le héros à son aurore se présente, à son aspect le soldat démoralisé obéit à la discipline jusqu'alors méconnue ; ses haillons tombent ; son existence est assurée ; il est revêtu ; son courage incertain est fixé et contenu sous une bannière qu'il respecte et qu'il aime ; bientôt il suit avec orgueil les pas du héros en qui il met sa confiance ; comme lui il affronte les plus grands périls, franchit les distances les plus lointaines ; il brave la fatigue ; tout cède sur son passage à l'empire de sa valeur bien dirigée : ce soldat vagabond devient à son tour un héros redoutable, comme son général dont l'Europe retentit déjà du bruit de ses armes.

L'antique Italie plie sous le joug du nouvel Alexandre. La capitale de sa patrie reçoit des trophées, gages assurés de ses premiers succès; nos plus vieux capitaines voient sans envie naître parmi eux un guerrier redoutable, ils se plaisent à lui rendre justice; c'est dans leur sein, c'est à leur école savante, dans l'art dangereux de la guerre, que son génie se déploie, s'accroît et devient tel que bientôt il place le jeune et impétueux vainqueur au-dessus de ses maîtres qui admirent en lui l'espoir, le soutien, le régénérateur de la France.

C'est lorsque tous les regards sont fixés sur le général qui compte à peine cinq lustres; c'est quand la renommée vient troubler du bruit de ses exploits le repos coupable d'un gouvernement sans énergie, que l'envie veut obscurcir sa gloire naissante. Le héros est rappelé, et sur le refus qu'il fait de cesser d'être utile à son pays, on l'éloigne des champs glorieux de l'Italie où les lauriers croissaient sous ses pas rapides; on l'envoie sur une terre de feu, on l'écarte jusque sur les sables brûlans du Nil. Ne sachant qu'obéir, il y fait une guerre injuste, mais dont il n'est point responsable. Son destin, qui veille sur lui, le tient là comme en réserve, quoique toujours au milieu de la gloire et des périls, jusqu'à ce que les temps s'accomplissent. Il l'en ramène enfin ; mais seul et sans suite ; il abaisse devant lui les ondes tumultueuses des mers, et force les vents impétueux et contraires à respecter la nacelle qui le porte ; il écarte les flottes menaçantes qui cherchent à lui fermer le passage ; il le jette enfin comme un génie secourable sur cette terre si belle, mais déchirée par les crimes, la perfidie, la trahison, le meurtre et la misère. A peine la France désolée a-t-elle reçu l'empreinte de ses pas, que tout y reconnaît sa puissance. Dieu qui distribue les couronnes à son gré, lui en fait présenter une par un peuple vertueux, las d'anarchie, et qu'une faction odieuse a privé de son Roi. Son front, ceint déjà du laurier glorieux, reçoit le bandeau sacré ; son avénement devient le signal de la paix intérieure et de la prospérité générale. Sous son gouvernement les âmes se retrempent, l'esprit d'ordre renaît, l'administration montée sur une base solide, marche sans effort; son génie embrasse tout; d'une main il tient le glaive redoutable qui fait respecter son pays, de l'autre il tient le timon des affaires politiques. Son œil voit tout, ses pas sont portés partout; il sait descendre de la hauteur immense des plus vastes conceptions, jusqu'aux détails les plus compliqués et les plus ingrats de cette administration dont il est le créateur, et qui nous environne de prodiges. Le hameau, l'hôpital, la cité intéressent, captivent le nouveau souverain. Semblable à l'astre du jour qui anime la nature, il porte partout son influence et sa lumière. La destinée du pauvre occupait celui qui fit la destinée de tant de rois; nulle autre époque ne ressemble à l'époque du héros dont je fais le panégyrique. Qui a jamais fermé tant de plaies, séché tant de larmes; terminé tant de calamités? Le peuple français, connu et renommé par la franchise de son caractère sera toujours fier d'avoir élevé

au rang suprême un guerrier, dont les pa-
róles, les pensées, les actions se rattachaient
toujours à la gloire ou au bonheur de sa
nation.

Un moment tranquille au-dehors et pai-
sible sur un trône dont il fait le seul orne-
ment, le héros rappelle les arts ; la religion
est rendue à sa splendeur primitive ; la civi-
lisation s'accroît, la France s'embellit comme
par enchantement, et le peuple que divi-
saient les opinions n'a bientôt plus qu'une
même pensée, qu'un seul esprit. La gloire
du souverain est la gloire nationale. La dis-
corde est bannie, les haines cessent, la justice reprend son cours ordinaire pour as-
seoir le repos public : les progrès des lumières
accélèrent leur marche ; la morale, sans la-
quelle un peuple ne peut être heureux, reprend sa force première ; la fortune remplit
les coffres de l'Etat; l'admiration de nos ennemis, la victoire et les arts surpris de revi-
vre, offrent l'aspect le plus beau, le plus ma-
jestueux, la garantie la plus stable, et sem-
blent réaliser toutes les espérances. Quelle

époque ! quelle gloire ! que de richesses! quelle splendeur frappe partout nos yeux !

Dans les temps de son désastre , comment le peuple français n'aurait-il pas mis à sa tête un héros réunissant à la fois l'art de vaincre, l'art de gouverner , le talent de connaître les hommes et de les utiliser selon leurs moyens; l'éclat de l'héroïsme , les grâces et les charmes de l'esprit.

C'est le trône de Charlemagne qui semblait se relever après dix siècles , si l'on considère la destinée sans modèle de celui qui en prend possession ! Le successeur de saint Pierre quitte Rome pour venir encore une fois marquer d'un plus auguste caractère une si haute fondation.

L'éloge le plus juste , le seul digne de ce héros, c'est le récit de l'histoire de son règne; il est au-delà de l'histoire humaine ; il appartient aux temps héroïques. Il faudrait se trouver placé à la distance de la postérité , pour porter sur lui un jugement invariable et solide.

On aura le droit sans doute d'accuser le

vainqueur des Pyramides d'un crime dont rien ne semble pouvoir le justifier. Ce jeune et vertueux prince tombé par son ordre sous le plomb meurtrier est une tache qui obscurcit à jamais son règne et sa gloire ; cependant, si l'on veut se reporter et considérer sa position politique, lorsqu'il n'était pas encore maître absolu du Gouvernement, on verra que ce fut moins un crime qu'une faute, comme il l'a dit lui-même.

La guerre injuste qu'il fait à l'Espagne alliée de la France est une action impie et dont les résultats ont miné son trône ; ont été funestes à nos finances ainsi qu'à nos armes.

La campagne de Moscou où sept à huit cent mille hommes, des trésors et un matériel immense ont péri est encore une faute incalculable ; mais que l'on cite un conquérant qui n'ait aucun reproche à se faire, aucune faute à compter. Henri lui-même, le grand Henri obligé de lutter long-temps contre Philippe, le duc d'Albe et les ligueurs, n'a-t-il pas été forcé de sortir de ce caractère de bonté qui le tire de la foule des Rois pour lé porter à l'horizon le plus reculé de la postérité? Avant lui, François I, après lui Louis XIV et Louis XV n'ont-ils pas commis des fautes !

Pour quelques fautes graves que l'on a le droit de reprocher au héros de Tilsit , que d'actions d'éclat , que de victoires ! que de monumens élevés ! que d'institutions établies ! que de force !.. Jusques à notre langage , ses conquêtes l'ont porté dans tous les pays, c'est aujourd'hui la langue de toutes les Cours.

Français , admirons encore après qu'il n'est plus ce génie surprenant et unique , qui suffisait à tout et auquel rien ne semblait suffire ; qui ne laissait rien échapper à sa vigilance ainsi qu'à sa valeur ; qui ne trouvait rien au-dessous de son observation , ainsi que rien ne paraissait au-dessus de sa puissance ; Ah! périsse à jamais la basse flatterie ! Mais que la reconnaissance publique honore la mémoire de celui que le Ciel se complut à douer de tant de qualités ; se souvienne de celui qui a fermé en France le foyer du volcan révolutionnaire qui menaçait de nous engloutir tous un jour. La terre s'est tue devant Alexandre, devant le héros de Rosbach ; la terre, les mers, l'univers même est rempli de son nom. On parle hautement partout de son règne et de ses malheurs, on l'admire, on le plaint. Tout ce que nos anciens monarques ont obtenu de gloire, de reconnaissance et d'amour ; tous les hauts faits qu'ils comptent, notre héros les réunit en lui.

En effet, quel nom militaire, quel talent politique, quelle gloire ancienne et moderne ne s'humilie pas devant celle d'un guerrier, qui, des mers de Naples aux bords de la Vistule tint en repos tant de Peuples soumis !

Cependant cette gloire pour être montée à son comble n'est pas encore à son terme. Suivons le héros : rappelons à nos mémoires les immortelles batailles d'Austerlitz, d'Iéna, d'Eylau, de Friedland et tant d'autres exploits fameux auprès desquels pâlit tout l'éclat des premiers conquérans. Mais ce n'est pas là que s'arrêtera le héros, les journées de Tann, d'Ecmühl et de Ratisbonne viennent effacer, s'il est possible, tout ce qui nous a étonné jusqu'ici ! et qui pourra le croire un jour, ces victoires si importantes dans leur objet, si décisives dans leurs conséquences, n'ont guère coûté plus de temps au vainqueur, qu'il n'en a fallu pour les décrire et les publier.

Dans l'espace de deux mille cinq cents ans, l'histoire ne nous a conservé que cinquante et quelques batailles vraiment mémorables, remportées par quarante Souverains, le héros d'Iéna seul, nous montre pour quelques batailles décisives, la gloire militaire d'environ cinq siècles renouvelée sous nos yeux et dans l'espace de seize ans. Quatre grandes batailles ont fait la renommée d'Alexandre ; César n'en compte que trois, et la prééminence du héros laisse loin d'elle l'infatigable Annibal.

C'est en vain que l'on voudrait ternir ou effacer tant de succès, détruire une renommée si fortement établie : à moins que l'on ne lacère jusqu'à la dernière feuille de l'éternel et redoutable Moniteur, elle sera l'objet de l'admiration de notre siècle ; elle étonnera les siècles futurs : à moins qu'on ne détruise les plus beaux chefs-d'œuvre de notre peinture ; qu'on ne renverse les mónumens élevés ; qu'on ne brûle les meilleures pages de nos poëtes, elle fera toujours le bonheur des cœurs vraiment français.

Ici m'arrêterais-je ?... Que dire encore ?... Non, poursuivons. Ce n'est pas assez que la fortune l'accable de ses dons, que la victoire seconde avec constance les laborieux travaux du vainqueur de Friedland, elles vont le combler, que dis-je, l'étonner de leurs nouveaux bienfaits ; elles lui confient le sort d'une jeune Princesse. Prix d'une paix durable, le fils de la victoire épouse la fille des Césars, le Ciel bénit cette union.

Mais enfin, le destin las de s'épuiser pour assurer tant de gloire ; las de travailler à sa fortune, à son élévation, l'abandonne tout à coup à lui-même. Le héros qu'on croyait un dieu, n'est plus bientôt qu'un mortel ordinaire ; il prête l'oreille à la flatterie, s'éblouit de sa fortune, et se livrant à toute

l'impétuosité d'un caractère violent, il re-
pousse les conseils sages de ses fidèles compagnons d'armes ; de ses ministres les plus
dévoués ; et provoquant contre lui jusqu'à
la Providence qui l'avait élevé, de chute en
chute le héros qui s'oublie, arrive à sa perte,
le combat funeste de Waterloo y met le dernier sceau. Nouveau Marius il est forcé d'al-
ler demander un asile au sein de ses ennemis
les plus acharnés. Cependant toujours grand
dans le désastre, le héros malheureux et
trahi par la victoire infidèle une fois à ses
bannières, se résigne à une éternelle cap-
tivité. Une île au milieu des mers est le lieu
choisi pour la prison de celui qui naguère
faisait retentir l'Europe, que dis-je, toute
la terre, du bruit de son nom.

Suivons-le encore sur son rocher usurpé
à l'empire de Neptune. Là, armé d'une
sainte philosophie, son existence est encore
laborieuse, il y travaille avec constance à
l'histoire de sa vie ; il y retrace d'une ma-
nière simple et vraie et ses faits les plus beaux
et ses fautes les plus graves ; cependant, au

milieu de ces travaux qu'il veut laisser à la postérité pour justifier un jour son existence à la fois militaire et politique, il est dévoré par la douleur d'être séparé pour jamais d'une épouse adorée, d'un fils chéri, d'une patrie que ses détracteurs lui refusent. Quelques amis et compagnons de sa gloire passée l'ont suivi dans son exil, ils partagent ses chagrins, ils en sont les confidens sincères et discrets ; ils s'étudient à lui en faire supporter l'amertume. Mais cette vie si active cesse tout à coup, la douleur l'emporte sur la fermeté du héros, son sang s'appauvrit, sa tête se trouble, son teint se décolore, son embonpoint se change en une maigreur affreuse ; un mal incurable s'établit dans le siége de la vie... il le ronge ! Tranquille au sein des tourmens, il n'existe plus que pour l'amitié qui reçoit enfin son dernier soupir.

Telle fut la vie du héros à qui l'on refuse une tombe en France, à celui qu'on semble redouter quand il n'est plus !... Mais non, Louis est juste, Louis qui ne voit et ne veut que le bonheur et la gloire de la patrie, sera plus grand, plus généreux, et, n'écoutant que son cœur paternel, il ne refusera pas aux Français de conserver, comme ses illustres aïeux l'ont fait pour les Duguesclin, les Turenne et tant d'autres grands capitaines, l'honneur de leur pays, les restes d'un guerrier dont il a à se plaindre sans doute, mais que son âme magnanime n'a jamais cessé de plaindre et d'admirer.

FIN.

ÉT. IMBERT, IMPRIM.